SANDRA DOMBROVSKY

„Weil für unsere Hunde jeder Tag zählt"

Impressum
Bibliografische Information der Deutschen Nationalbibliothek:
Die Deutsche Nationalbibliothek verzeichnet diese
Publikation in der Deutschen Nationalbibliografie; detailierte
bibliografische Daten sind im Internet über https://dnb.dnb.de
abrufbar.

© 2022 Sandra Dombrovsky
Fotografien / Illustrationen: Sandra Dombrovsky
ISBN: 9783755753032
Herstellung und Verlag:
BoD – Books on Demand, Norderstedt

Inhaltsverzeichnis

„Daily"
Weil jeder Tag zählt

Die Idee für dieses Buch ist ein Geschenk unserer Labrador Hündin Daily

Wir liegen Seite an Seite und ich spüre ihren Herzschlag.
Diesen Moment genieße ich und komme zu einer
angenehmen Ruhe.
Mit einem Mal sehe und fühle ich es.
Diese Idee, diese Geschichte.

Am nächsten Morgen erzähle ich alles meinem Mann.
Während er Tränen in den Augen hat weiß ich,
es ist an mir, dieses Geschenk anzunehmen und starte
dieses Buchprojekt.

Daily ist nicht nur unser Sonnenschein, sie hat auch unser
Leben komplett verändert. Anfangs war ich von dem
Namen „Daily" irritiert.

Die Übersetzung „täglich" sprach mich einfach nicht an.
Bis mir schlagartig ein Licht aufging:
„Daily - weil jeder Tag zählt!"

Und so kam es dann zu diesem Buchtitel.

Wir bezeichnen sie gerne als kleines Wunder und genau das
sind ja im Grunde alle unsere Hunde!

Wer erzählt diese Geschichte?

Mein Name ist Max, ok genauer gesagt Maximilian, aber so nennt mich tatsächlich nur meine Großmutter oder meine Mama, wenn ich etwas angestellt habe!

Ich bin 26 Jahre jung und wohne seit 8 Jahren mit meinen beiden Freunden, Bernd und Klaus, in einer Wohngemeinschaft, in einem kleinen Dorf auf dem Land. Jeder von uns hat ein eigenes Zimmer, wir teilen uns dann weiterhin eine Art Wohnzimmer, ein winziges Bad und die geräumige Küche.
Vom Wohnzimmer geht es direkt auf eine kleine Terrasse und in einen eingezäunten Garten. Wir sind Freunde seit dem gemeinsamen Spielen im Sandkasten.
Unsere ähnlichen Vorstellungen und Vorlieben erleichtern das Zusammenleben und ich muss gestehen, wir haben in der Tat eine Menge Spaß zusammen.
Beide waren damals sofort einverstanden, dass Sammy, mein schwarzer Labrador, ebenfalls ein Mitglied dieser Wohngemeinschaft wird.
Mit unseren unterschiedlichen Arbeitszeiten sind wir in der Lage uns leicht abzuwechseln, so ist er nie zu lang alleine.
Sammy ist mein Wegbegleiter, seit er 12 Wochen alt war. Kurz nach meinem 18. Geburtstag war ich mir sicher, ich sei bereit für meinen ersten eigenen Hund. Schon als kleiner Junge habe ich mir gewünscht, einen Hund als Freund zu haben, mir war es aber nie möglich, meine Eltern zu überzeugen, mir diesen Wunsch zu erfüllen.

So nutze ich die Gelegenheit nach dem Auszug von Zuhause und erfüllte mir selber diesen Herzenswunsch.

Es war dann die Empfehlung eines Schulkameraden. Er wusste von einem Welpen, der dringend noch ein Zuhause gesucht hat. Spontan nahm ich Kontakt mit der Züchterin auf und fuhr schon einen Tag später zu ihr.
Es war Liebe auf den ersten Blick! Diese Augen, die Ohren, der wedelnde Schwanz, der den ganzen Körper zum schwanken brachte!
Mir war sofort klar, ihm wollte ich ein neues Zuhause schenken. Es war somit an der Zeit, meinen Traum wahr werden zu lassen.
Wir wurden sehr schnell beste Kumpel und haben schon eine Menge zusammen erlebt. Spontan erinnere ich mich an seinen ersten Schnee, jede einzelne Schneeflocke hatte er vor zu fangen. Um dann gleich tief in den nächsten Schneehaufen einzutauchen. Er hatte so große Freude daran, das hat mich direkt angesteckt und für hervorragende Laune gesorgt.
Er hat mir zu vielen neuen Schuhen verholfen. Schließlich hatte ich dann irgendwann sogar seinen Geschmack getroffen und war nie wieder gezwungen, angenagte Schuhe entsorgen, und mich um Ersatz kümmern zu müssen. Diese Unart, meine Schuhe mit Zahnabdruck Kunst und Sabber zu verschönern, hätte man sicher mit konsequenter Erziehung und dem regelmäßigen Besuch einer Hundeschule, schneller abstellen können. Unsere Art der Kommunikation allerdings war eher von spontaner, intuitiver Natur.

Manchmal genau passend, aber hin und wieder waren unsere Vorstellungen schlichtweg unterschiedlich.
Mir war es zugegebenermaßen nie wichtig, einen perfekt erzogenen Hund an meiner Seite zu haben. Mein Hund sollte bloß Hund sein dürfen und mein Freund und Wegbegleiter werden.
Es war somit immer klar, dass er ein vollwertiges Familienmitglied sein soll.

Sammy war mir eine Stütze, zu der Zeit, als ich meine große Liebe verloren habe. Die wahrlich beste und wirkungsvollste Medizin gegen Herzschmerz ist eine feuchte Hundenase. Dazu dieser durchdringende Blick. Anstupsen und gemeinsam eine Runde drehen. Das hat er ehrlich gesagt ausgezeichnet hinbekommen. Er hat mich meisterlich abgelenkt und im richtigen Augenblick hat er mir durch seine Nähe das Gefühl gegeben, nicht alleine zu sein. Dafür bin ich ihm bis heute dankbar!

Es haben sich feste Rituale eingespielt und nach all den Jahren bezeichne ich ihn auch gerne als „Couch Kartoffel", aber tatsächlich im liebevollsten Sinn.
Wir genießen unsere Spaziergänge, oder mal ein Ausflug ans Wasser, da gibt er wirklich Gas!
Im Großen und Ganzen ist er jedenfalls ein ruhiger und entspannter Labrador. Falls ein Hund ein Hobby hat, ich würde sagen, seins ist das Schlafen.
Im Gegensatz zu anderen Hundehaltern hatten wir nie ein Problem mit dem Futter. Ok, eventuell ist es aus seiner Sicht ab und an etwas zu wenig...

Der Empfehlung der Züchterin bin ich gefolgt und blieb bis heute dabei. Von Problemen mit dem Fell oder sonstigen Allergien sind wir zum Glück verschont geblieben. In der Hundeschublade befinden sich außerdem jederzeit genügend Leckereien. Das „nichts vom Tisch geben" halten wir ebenfalls (fast) immer durch...

Er bekommt ansonsten regelmäßig seine Impfungen und hatte bisher keinerlei extreme Verletzungen oder sonstige Krankheiten. Ein Ausflug zum Tierarzt ist auch keine große Sache.

Mit den anderen Hunden kommt er ausgezeichnet klar, ein volles Wartezimmer ist darum nicht unangenehm.

Der Tierarzt selbst hat seine ganz eigene Angewohnheit mit den Patienten zu kommunizieren. Eine Art Hundeflüsterer mit Stethoskop und Fieberthermometer. Anzeichen von Stress habe ich bei ihm bisher nie erlebt, und er vermittelt immer das Gefühl, alle Zeit der Welt für uns zu haben.

Highlight für Sammy sind aber die leckeren Belohnungen, die es in der Praxis gibt. Sehr gern vor UND nach der Behandlung! Keine der Tierarzthelferinnen vermag seinem Blick zu widerstehen und so lohnt es sich am Ende immer für ihn!

Ich würde das Zusammenleben mit Sammy als durchweg entspannt und unkompliziert bezeichnen, eine echte Freundschaft, die uns beide verbindet. Ein Leben ohne ihn an meiner Seite, kann und will ich mir nicht vorstellen!

Die Wohnung, Versicherungen, Sammys Futter und das Leben überhaupt, das alles kostet Geld.

Zum Glück macht mir der Job als Kfz-Mechaniker eine Menge Spaß. Ich liebe es, an Motoren zu schrauben, Fehler zu erkennen und mich auf Lösungssuche zu begeben. Nicht ein einziger Tag ist wie der andere und unser Arbeitgeber ist obendrein schwer in Ordnung.

Nach der Ausbildung hatte ich keine Wahl, es war notwendig, die Arbeitsstelle zu wechseln. Mein damaliger Chef stand kurz vor Beginn der Rente und hatte zu der Zeit leider niemanden, der sein Nachfolger werden konnte oder wollte.

Zur richtigen Zeit war ich dann am passenden Ort und stellte mich bei einer Werkstatt, in unmittelbarer Nähe, vor. Meine Zeugnisse und der Probetag haben direkt überzeugt, so bekam ich den Job und habe bis heute keinen Grund zu klagen.

Meine drei Kollegen und ich, arbeiten unheimlich gerne hier. Das ist keinesfalls eine Selbstverständlichkeit und so bin ich enorm dankbar für diesen Umstand.

Wie alles begann

Heute wird es ein anstrengender Tag werden, wir haben den TÜV im Haus und einige Anmeldungen. Ich stehe somit lieber ein klein wenig früher auf als üblicherweise und werde eine längere Runde mit Sammy laufen. So wird es nicht so tragisch sein, wenn ich etwas später als sonst, nach Hause komme. Klaus und Bernd sind auf Fortbildung und werden erst mitten in der Nacht wieder zurück sein. Aber das wird schon hinhauen. Sammy wird sich auf die Couch legen und schlafen. Er hat ja keine Uhr und wird nicht einmal merken, wie lange ich weg bin!

Wir beide brechen in der Dunkelheit auf in Richtung Park, nach ein paar Minuten sind Sammy und ich dann angekommen und, wie fast immer zu dieser frühen Stunde, alleine. Ich leine ihn ab und er darf jetzt in seinem eigenen Tempo weiter laufen und schnüffeln. Zwischenzeitlich dämmert es und die Sonne bahnt sich ihren Weg, da bin ich mit meinen Gedanken schon bei der Arbeit. Somit pfeife ich kurze Zeit später, Sammy läuft zu mir, ich leine ihn erneut an und wir begeben uns auf den Rückweg.
Wie er sich direkt wieder dem noch feuchten Gras am Wegrand widmen möchte, ziehe ich ihn weiter.
Heute haben wir wahrlich keine Zeit für so etwas.

Zurück von der großen Runde, springe ich ganz schnell unter die Dusche, ziehe mir meine Kleider für die Arbeit an und bin bereit, zur Werkstatt zu fahren. Mit dem Fahrrad sind es nur ein paar Minuten.

Sammy sitzt schon an der Türe und schaut mich mit seinen treuen Augen an.

Er ist ein gutmütiger Hund und auf irgendeine Art und Weise beneide ich ihn um die viele freie Zeit. Er hat keine Sorgen um den Job, um Geld, Versicherungen usw.

Er lebt in den Tag, bekommt sein Futter, wir spazieren, spielen und wenn er möchte, wird er gekrault. Hund sollte man sein...

Pünktlich zum Arbeitsbeginn widme ich mich dem ersten Wagen. Es ist ein teurer Sportwagen. Leuchtend rot lackiert, schwarze Ledersitze, Vollausstattung, soviel PS, die man sicher niemals ausfahren kann. Ein Auto, von dem ich nur träume. Welten entfernt von einer Preisklasse, die ich mir je leisten werde. Das ist eben eine Tatsache! Aber mein großes Glück ist, ich habe die Möglichkeit, diesen Flitzer in die Halle zu fahren, einen Moment das Gefühl in den weichen Ledersitzen genießen und mich an dem tiefen Sound von diesem gewaltigen Motor erfreuen.

Manchmal stelle ich mir das Leben der Leute vor, die solche Autos besitzen. Die niemals Geldsorgen und viele Freunde haben, Partys feiern, oft in Urlaub gehen. Einen Job haben, für den es mehr Geld gibt, als man je ausgeben wird.

Keine schmutzigen Hände, auf Ölgeruch in den Kleidern verzichten. Sicher kommt da, darüber hinaus, die eine oder andere traumhafte Frau vor. Ja träumen ist erlaubt!

So reiht sich dann Auftrag an Auftrag und zum Fantasieren bleibt mir jetzt echt keine Zeit. Es läuft an diesem Tag alles glatt und am Ende stehen wieder sämtliche Autos für die Besitzer zur Abholung bereit.

Der Chef und meine Kollegen sind ebenfalls zufrieden und das rundet so einen erfolgreichen Tag ab.

Bei einem Blick auf die Uhr ist es klar, ich muss jetzt wirklich los. Die anderen haben vor, noch etwas gemeinsam trinken zu gehen, das lehne ich aber ab. Sammy ist schon lang genug allein und müde bin ich nach diesem Tag ohne jeden Zweifel.
Ich schwinge mich daraufhin auf das Fahrrad und fahre direkt nach Haus. Mein Magen knurrt, ich wünsche mir, nur noch zu duschen und dann ab auf die Couch. Für Sammy wird heute der Ausflug in den Garten reichen. Der ist sicher müde vom vielen schlafen.

So erschöpft und erledigt habe ich keine Ahnung, wie ich es nach Hause geschafft habe. Bin ich gleich auf die Couch gefallen und eingeschlafen?

Ist das ein Traum?

Während ich wach werde, steigen mir ungewohnte Gerüche in die Nase. So öffne ich meine Augen und bin im ersten Augenblick erschrocken. Dieser Ort ist mir nicht bekannt. Wo bin ich? Offensichtlich ist es ein Traum. Somit schließe ich meine Augen direkt wieder. Aber diese Gerüche...
Jetzt will ich es doch genauer wissen.

Da mach ich die Augen wieder auf und versuche aufzustehen. Was ist denn nur los mit mir? Bin ich etwa geschrumpft? Im Stehen bin ich nicht größer als der Couchtisch, der sich neben mir befindet! Ich schaue runter und sehe wahrhaftig Pfoten und es sind, wie mir scheint, meine Pfoten...
Was für ein verrückter Traum!
Ich bin jetzt echt mal mutig und erkunde diesen fremden Ort. Hier wohnt scheinbar ein Hund. Ich sehe zwei Hundekissen, einen Wassernapf und hier und da liegt etwas Spielzeug verteilt auf dem Boden. Es ist still und so werfe ich obendrein einen kurzen Blick in die Küche und das Esszimmer.
Unerwartet öffnet sich die Türe, eine mir vollkommen fremde Person kommt ins Wohnzimmer, beugt sich zu mir herunter, klopft auf meinen Kopf und brabbelt, etwas mir Unverständliches, vor sich hin. Sie dreht sich um und entfernt sich wieder, hinaus aus dem Zimmer. Das wird ja immer verrückter hier in diesem Traum.
Die fremde Frau kommt kurze Zeit später wieder zurück und befestigt eine Leine an meinem Halsband!

Hilfe, ich bin ein Hund - mein Wunsch ist nur noch aufzuwachen!
Es gibt jedoch kein erwachen. Es geht in Richtung Haustüre. Ich bin erstarrt, aber das scheint ihr egal zu sein. Die Frau läuft unbeirrt weiter, die Leine in der Hand und ich hinten dran.
So langsam bekomme ich große Angst. Ich wache einfach nicht auf, diese Gerüche werden immer intensiver und es fühlt sich alles so echt an. Entweder bin ich verrückt geworden, oder tot und als Hund wieder geboren. In diesem Augenblick habe ich keine Ahnung, was momentan besser ist.

Wir laufen daraufhin an der Straße entlang, biegen in einen Feldweg ein und hier riecht es, aus heiterem Himmel, sehr gut und im selben Moment gleichermaßen seltsam. Ich schnuppere und erkenne in dieser Sekunde, wer hier schon spazieren war, einige davon scheinen nicht gesund zu sein, wo kommt das alles her?
Mitten in meinen Geruchs Recherchen, spüre ich einen Ruck am Hals. Ich war doch noch nicht fertig! Die Frau am anderen Ende der Leine hängt am Telefon und behält ihre Schrittgeschwindigkeit bei. Ich habe keine Wahl und folge ihr. Meine Größe und Kraft scheint nicht auszureichen, um sie zum Stehen zu bringen. Der Nacken fühlt sich steif an. Ah eine Massage wäre jetzt fein.

Ich habe unterdessen den Wunsch, ebenfalls eine Nachricht zurückzulassen und hebe mein Bein zum pinkeln. Aber sogar das lässt die Frau nicht innehalten.

Dreibeinig komme ich beim Ruck der Leine ins wanken, kann mich aber, in diesem Augenblick, kurz so halten, laufe weiter und bin etwas enttäuscht. So war es mir nicht möglich, eine Botschaft zu hinterlassen. Ein wenig frustrierend.

Auf unserem weiteren Weg im Dauerlauf begegnen wir einem anderen Mann mit einem Hund. Ja diesen Geruch kenne ich. Der war schon öfter hier! Ist das nicht verrückt. Die Frau und der Mann bleiben stehen und reden, wie es scheint, miteinander. Ich verstehe leider kein Wort.

Der andere Hund sitzt vor mir und grinst mich an.
„Na Kollege". Eine Stimme in meinem Kopf. Ich weiß, es ist der Hund, der mit mir spricht, ich sehe aber gleichzeitig, sein Maul bewegt sich nicht.
„Hallo, ich bin Max und stecke in einem Traum fest", mein Maul bewegt sich ebenso wenig, nein ich denke es und der andere legt den Kopf schief.
„Ein Traum? Alter, du bist ein kleiner Mops und benimmst dich seltsam."
Ein Mops? Ich? Es ist kein Traum – ich bin wirklich ein Hund oder im Körper eines Hundes? Wie verrückt ist das denn bitte?!?

Bevor ich mehr Fragen stellen kann, spüre ich einen erneuten Ruck am Hals und es geht im Dauerlauf weiter. Meine kurzen Beine sind schlichtweg nicht für so ein schnelles Tempo geschaffen. Was denkt sich diese Frau denn bitte dabei? Mir schwirrt der Kopf und ich lasse mich geradewegs weiterziehen. Es geht ein Stück den Feldweg entlang, um eine Ecke und dann wieder zurück an der Straße weiter. Zurück im Haus angekommen, füllt sie die Wasserschüssel neu auf und klopft mir wieder auf den Kopf. Mir brummt doch eh schon mein Schädel!

Einige Minuten später bin ich vollkommen allein in dieser großen, fremden Wohnung. Die Frau ist weg. Es ist still und ich bin zutiefst verunsichert. Was bedeutet das alles? Wie ist das alles passiert? Wer bin ich? Wo bin ich? Mir wird übel. Ich übergebe mich und hinterlasse eine kleine Pfütze aus Erbrochenem mitten im Flur.

Die Zeit scheint sich endlos hinzuziehen. Mir geht es wirklich nicht gut, ich wünsche mir etwas Aufmerksamkeit, vielleicht kann mich ja jemand am Bauch kraulen? Ja das wäre jetzt super.

Am besten ich bringe der Frau gleich ihre Hausschuhe zur Haustüre. Dann freut sie sich, wenn sie zurück ist und wir verbringen etwas Zeit zusammen. Bloß nicht wieder alleine sein. Mehr wünsche ich mir in diesem Augenblick nicht.

Eine halbe Ewigkeit später höre ich einen Schlüssel im Türschloss. Die Frau kommt endlich wieder zurück.

Was für ein Glück! Ich bin so aufgeregt – da löst sich auch schon meine Blase. Peinlich, aber was soll ich machen. Ich war so lange alleine und jetzt habe ich mich ganz einfach so besonders gefreut.

Die Frau findet das überhaupt nicht toll. Lautes Gebrabbel, faltiges Gesicht, fuchtelnde Hände.

Sie putzt den kleinen See auf und straft mich mit Missachtung.

Aber nur bis sie mein eingetrocknetes Erbrochenes entdeckt.

Da spüre ich nur noch Angst, mir ist kalt, sie fuchtelt schließlich wilder mit ihren Händen herum. Und als Krönung haut sie mir ihre Hausschuhe auf den Kopf.

Was für ein Alptraum. Ich wollte doch nur nett sein, etwas Aufmerksamkeit und dann so etwas.

Ich verstehe gar nichts mehr und versuche mich an irgendeiner Stelle in einer Ecke zu verstecken.

Ich schlafe dann zum Glück irgendwann ein und falle in einen dunklen, traumlosen Schlaf.

Lärm und wenig Zeit

Als ich dann wieder erwache, wundere ich mich nicht mehr über die vielen Gerüche, die in der Luft liegen.
Es ist immer noch aufregend, aber im Augenblick nicht mehr so beängstigend wie zu Anfang. Es macht mich eher neugierig und ich öffne meine Augen. Hoffentlich ist die Frau nicht mehr so böse und wir haben heute einen schönen Tag zusammen. Das würde ich einfach toll finden.

Daraus wird scheinbar nichts werden. Ich bin in einer vollkommen anderen Wohnung. Ich spüre urplötzlich ein ziehen an meinem Ohr.
Da sitzt ein kleines Kind neben mir auf dem Boden und zerrt an meinen Körperteilen. Am unangenehmsten ist es an den Ohren. Die sind superlang! Ein Mops bin ich dann wahrscheinlich auch nicht mehr.
In der Ecke steht ein Wasser- und Futternapf. Ich erkenne den aufgemalten Hund. Ich bin ein Basset!
Mein Traum geht demnach weiter und ich versuche, auf irgendeine Weise, aus der Reichweite des Kindes zu kommen. Mein Magen knurrt und ich habe großen Hunger. Somit mache ich mich mal auf die Suche, etwas zu essen zu finden.

Viele Menschen tummeln sich da in der Küche und im Esszimmer. Sieht nach einer Großfamilie aus und ich bin gespannt, was das für Persönlichkeiten sind. Da hat ganz bestimmt irgendjemand Zeit für mich.
Ich glaube, das wird ein schöner Tag werden!

Ein kleiner Junge kommt plötzlich auf mich zu, streichelt meinen Rücken und legt mir ein Halsband und eine Leine an. Also gehen wir spazieren. Toll, genau das, was mir jetzt Spaß macht.

Unterwegs sehe ich auf der anderen Seite der Straße einen Jungen mit einem Dalmatiner. Ich rufe ihm zu und möchte ihm so gern ein paar Fragen stellen, aber mein Mensch zerrt mich weiter. Ich spüre seine Unsicherheit, will ihn beruhigen und er wird noch aufgeregter. Seine Schritte werden schneller und der Dalmatiner samt dem anderen Jungen sind rasch um die Ecke verschwunden.

Somit widme ich mich den vielen, aufregenden Gerüchen und finde heraus, wer hier sonst bisher so spazieren ging. Aber auch das hält nicht lange an. So oder so scheinen alle Menschen einen Wettbewerb im schnell gehen zu veranstalten.

Niemand scheint sich die Zeit zu nehmen. Um zum Beispiel dieses wunderbar saftige Gras zu entdecken oder die Sonnenstrahlen zu spüren. In einem Meer von Geräuschen gefällt mir das Zwitschern der Vögel am besten. Aber selbst das, scheine nur ich allein wahrzunehmen. Wie schade, es gibt so viel Überwältigendes zu entdecken, wir rauschen jedoch einfach so daran vorbei.

Wir sind inzwischen auf einem Feldweg unterwegs und ich laufe durch die Wiese. Das Gras ist noch leicht feucht vom Morgentau und es kitzelt an meinen Pfoten, ist aber gleichzeitig weich und angenehm. Und dann dazu all diese herrlichen Gerüche.

Hier bleibe ich eine Weile. Spontan entscheide ich, genau das ist mein Lieblingsort!

Der Junge sieht das aber leider grundlegend anders und zieht mich direkt weiter den Weg entlang. Er erkennt noch rechtzeitig, dass ich pinkeln muss, und bleibt wenigstens dafür kurz stehen.

Ist ja schon mal besser als die Frau von gestern!

Wir spazieren noch an ein paar Büschen vorbei, ein Stück an einer Straße entlang und sind direkt wieder zuhause. Den Schäferhund, den wir getroffen haben, habe ich bewusst ignoriert.

Ich wollte meinen Menschen nicht noch mehr verärgern. Aber Antworten habe ich so, unter diesen Umständen, nicht bekommen. Schade, aber eventuell klappt es ein anderes Mal.

Immerhin weiß ich bisher nicht, was mit mir momentan passiert, oder passiert ist?

Simpel ausgedrückt - was ist denn überhaupt los...

Ich finde neben meinem Wassernapf eine Futterschale mit einem großen Berg Futter. Das ist ja perfekt! Ich hatte ja Hunger bevor wir zu unseren Spaziergang aufgebrochen sind.

Somit stürze ich mich drauf und putze die Schüssel leer, bis sie blitzblank ist.

Besonders lecker war es nicht, aber satt bin ich trotzdem geworden.

Ein kleines Schläfchen wäre jetzt super, aber diese Menschen sind alle so laut. Das kleine Kind von heute Morgen ist ebenfalls wieder da und zieht mir diesmal am Schwanz.

Also toll finde ich das nicht. Dennoch fühle ich mich in der Nähe des Kindes entspannt.

Im Gegensatz zu den anderen. Die scheinen alle so eine Art Stimmungs- und Gefühlswirbel um sich herum zu tragen. Darum ist es teilweise ausgesprochen anstrengend in deren Nähe zu sein.

Da ich weiterhin kein Wort verstehe, sondern mitten in einer Kakofonie von Geräuschen stehe, versuche ich mich auf etwas anderes zu konzentrieren.

Nicht so leicht mit vollem Bauch und müde.

Mein Plan gelingt dann auch nicht, mit einem Mal habe ich wieder Halsband und Leine um und befinde mich Augenblicke später im Kofferraum eines Autos. Als die Fahrt losgeht, wird mir leicht übel. Ich sehe nicht, wo es lang geht und finde im Liegen keinen Halt. Deshalb versuche ich sitzen zu bleiben.

Die Fahrt endet und es wird still. Zu still für meinen Geschmack. Niemand öffnet die Türe, keiner holt mich aus diesem Kofferraum.

Hallo? Basset in Not!

Einschlafen ist aber auch nicht möglich, hier und da schrecken mich Geräusche auf. Die kann ich weder zuordnen, noch als gefährlich oder ungefährlich einstufen. Das wird ja immer stressiger und als Höhepunkt kann ich nicht anders, ich muss dringend pinkeln.

Als ich es fast laufen lasse, öffnet sich die Türe und ich werde aus dem Kofferraum befreit. Es geht geradewegs in ein Haus und ich muss doch immer noch pinkeln?!?

Hilft jetzt alles nichts, was raus muss, muss halt raus.

Mein Mensch wird hektisch, eine weitere fremde Frau bringt Papier und wischt den kleinen See weg. Jetzt fühle ich mich etwas Wohler. Aber dann steigt mir dieser seltsame Geruch in die Nase. Eine Mischung aus Angst, Schmerzen und alles in allem nicht gerade angenehm.
Bis ich meine Gedanken sortiere, werde ich in ein weiteres Zimmer geführt und auf einen kalten Tisch gehoben. Jetzt weiß ich es – ich bin beim Tierarzt. Er schaut mir neugierig in die Ohren, in die Augen und spielt an meinem Maul herum. Aber ich habe keine Angst in seiner Nähe. Bis ich, mir nichts dir nichts, diesen Pieks spüre.
Am Ende bekomme ich schließlich ein paar Snacks und da ist die Welt gleich wieder in Ordnung.
Für mein Empfinden reichen die ganzen Abenteuer für diesen Tag und ich würde gerne noch etwas im Gras schnüffeln und mich hinterher in mein Körbchen kuscheln.

Mit dem im Gras schnüffeln wird es leider nichts mehr. Wir laufen nach einer weiteren Fahrt im Kofferraum bloß eine Straße entlang und ich habe das Gefühl, meine Menschen wollen unbedingt, dass ich hier und jetzt und sofort pinkle. Zwischendrin hebe ich deshalb mein Bein und hinterlasse Spuren, meine ganz und gar eigenen Nachrichten.
Wer die liest weiß, dass ich heute beim Tierarzt war und eine Spritze bekommen habe.
Die Runde bleibt dementsprechend kurz und wir sind schnell wieder zuhause.
In Wirklichkeit will ich mich jetzt gern in mein Kissen kuscheln, aber da liegt so viel Krempel drin. Aber es ist nicht mein Spielzeug!

Es sind wieder fast alle Menschen da und die Geräusche sind noch lauter als zu Beginn des Tages. Ich bin so müde und werde morgen versuchen, ein paar Streicheleinheiten zu bekommen. Mit diesem Plan schlafe ich direkt unter dem Couchtisch ein.

Das Gefühl von Freiheit

Ich werde wach, fühle mich ausgeruht und frisch. Mir ist es egal, wenn heute erneut dieses Kind an meinen Ohren zieht. Ich bin bereit!

Aber es kommt, wenig überraschend, ganz anders. Aufs Neue andere Gerüche und erneut eine völlig fremde Umgebung. Wenigstens bin ich um einiges größer, denn der Couchtisch ist kleiner als ich. Bin ich demzufolge wieder ein Hund in einem anderen Zuhause?!
Unvermittelt höre ich „Hey du, auch schon wach! Gleich geht's los!"
Ich drehe mich um und stehe direkt vor einem Husky. Es ist wieder das, was ich in meinem Kopf höre. Ich antworte: „Hey, ja ich glaube ich bin bereit. Wo bin ich hier und was werden wir machen?"
Aber der Husky ist schon an der Tür und sitzt brav vor dem jungen Mann. Dieser schaut in meine Richtung und so laufe ich schließlich dort hin. Er streichelt unsere Köpfe und strahlt eine angenehme Energie aus. Bis jetzt nicht übel würde ich sagen.

Wir gehen daraufhin alle gemeinsam vor die Türe. Dort steht eine Art Anhänger. Ich werde, wie der andere Husky, in einen Gurt gespannt und dieser hängt an dem Gespann. Ein Schnalzen von dem jungen Mann und wir laufen beide los.
Es geht ein Stück am Haus vorbei, einen schmalen Weg entlang und da hören wir auch schon den Pfiff.

Einen kurzen Augenblick später rennen wir los.

Ich spüre das Gewicht hinter mir, den Wind um die Nase, die vielen Gerüche, die an uns vorbeiziehen.

Meine Pfoten berühren ganz leicht den Boden und ich habe das Gefühl gleich abzuheben. Es kann jetzt gar nicht schnell genug gehen. Einfach großartig!

Es macht großen Spaß und ich merke, wie ich mich beim Rennen immer mehr entspanne. Die Sonne steigt langsam auf und ich muss blinzeln, als die Strahlen auf meine Augen treffen.

Ein so wunderbares Gefühl von Freiheit. Wir stecken zwar beide in einem Gurt, aber das stört überhaupt nicht.

Das möchte ich gern den ganzen Tag so machen.

Nachdem wir die Richtung wieder gewechselt haben, halten wir an einem Waldstück an. Unsere Gurte werden entfernt und wir dürfen etwas schnuppern, weiter unten fließt ein Fluss. Dort zieht es uns beide hin.

Indem ich mit den Pfoten vorsichtig ins Wasser tauche, durchströmt mich ein Gefühl der Erfrischung. Dann trinke ich etwas von dem Wasser und genieße den Augenblick.

„Hat es dir auch so gut gefallen?"frage ich den anderen Husky. Ich habe so viele Fragen und jetzt wäre doch die Gelegenheit!

„Das Laufen? Ja es ist das Beste an meinem Tag. Leider sind die Strecken nie so lang wie ich es gern hätte, aber lieber kurze Strecken, als nur eingesperrt sein!"

Bevor ich weitere Fragen stellen kann, rennt er den kleinen Hügel hoch zur Wiese und ich folge ihm.

Und danach geht es leider viel zu schnell zurück zum Haus.

Ich genieße den Rückweg in vollen Zügen, aber dann ist es auch schon wieder vorbei.

Die Überraschung ist groß, als ich nicht im Haus lande, sondern in einem großen Zwinger. Der andere Husky ebenfalls in einem, gleich gegenüber.

So ein krasser Wechsel von jenem grandiosen Gefühl der Freiheit, zu diesem, so begrenztem Platz. Trotz der offenen Gitterstäbe fühle ich mich eingeengt und laufe hin und her, um mein Gefühl der Angst etwas abschütteln zu können. Aber es funktioniert einfach nicht. Ich kann alles beobachten, spüre den Wind, sehe die Sonnenstrahlen. Aber es ist ganz einfach nur beklemmend.

Am Haus arbeiten einige, mir fremde Männer. Hin und wieder schaut einer zu uns herüber. Es besteht die Möglichkeit, dass uns einer von denen raus holt und mit uns eine Runde dreht. Möglicherweise sogar mit dem tollen Wagen, oder wir gehen einfach nur spazieren. Aber selbst das bleibt Wunschdenken. Keiner kümmert sich um uns und das ist frustrierend. Bin ich zu langsam gelaufen oder was habe ich falsch gemacht?

Diese Fragen beschäftigen mich, bis ich schlagartig von neuen Geräuschen aufgeschreckt werde. Niemand arbeitet mehr am Haus, der Garten ist leer. Das Tor ist längst wieder geschlossen und nach und nach verlassen die ganzen Autos die Einfahrt.

Da kommt eine junge Frau vom Haus herüber und öffnet unsere Zwinger. Ich bin so erleichtert. Wir sind wieder frei und da ist jemand für uns da!

Diese Freude ist aber nur von kurzer Dauer.

Die Frau ist schnell wieder verschwunden und wir erkunden den Garten und die vielen Gerüche, die die Männer von vorhin, hinterlassen haben.
Kommt deshalb niemand, weil wir bestraft werden sollen?

Als wir am Abend noch unser Futter gebracht bekommen, wir im Zwinger bleiben und es wieder nicht ins Haus geht, bin ich verunsichert.
Es wird langsam dunkel und ich fühle mich schrecklich einsam…
„Werden wir noch ins Haus geholt?" frage ich den Husky gegenüber.
„Nein was denkst du denn. Wir waren in der letzten Nacht nur im Haus, weil an den Zwingern etwas repariert wurde. Sei jetzt still, ich will endlich schlafen."
Jetzt eine weitere Frage zu stellen, dafür fehlt mir der Mut. Ich friere zwar nicht, aber die Dunkelheit macht mir einfach nur Angst. Die Geräusche lassen mich nicht zur Ruhe kommen und hin und wieder streifen Gerüche an mir vorbei, denen ich so gerne nachgehen würde.
Die letzten Sonnenstrahlen verschwinden und ein frischer Wind zieht auf.
Im Übrigen weiß ich ja bis zum jetzigen Zeitpunkt nicht so recht, was mit mir los ist. Warum wache ich ständig an neuen Orten auf und warum immer im Körper eines anderen Hundes?
So schlafe ich langsam ein und der letzte Gedanke vor dem Einschlafen ist „Lass mich bitte wieder ganz woanders aufwachen".

Unter den Sternen

Mein Ohr wird sanft gekrault, es fühlt sich gut an. Davon wache ich auf. Kein Zwinger und keine Dunkelheit, was für ein Glück, was für eine große Erleichterung. Ein alter Mann sitzt neben mir auf dem Boden und krault mich weiter. Dieses Mal erwache ich in keiner Wohnung.
Der alte Mann und ich sitzen auf dem Boden unter einer Brücke. Langsam fährt ein großes Schiff vorbei. Über uns ein Lärm, der mich erschreckt. Der alte Mann beruhigt mich, holt eine kleine Tasche hervor und wir laufen los. Ich trage zwar ein Halsband, aber eine Leine gibt es nicht. Für mich ist es völlig normal, dem alten Mann zu folgen, ihn nicht aus den Augen zu lassen und schlicht und einfach bei ihm zu sein.

So entspannt spazieren wir am Ufer entlang. Hier und da hält er kurz an, sucht etwas im Mülleimer und wir bewegen uns weiter. Hinter einer Bank liegt eine leere Flasche. Über sowas freut sich der alte Mann, das weiß ich genau. Somit spurte ich los, schnappe mir die Flasche und bringe sie ihm. Er packt sie in seinen Beutel, streichelt dann liebevoll meinen Kopf und wir laufen gemeinsam weiter. Es ist ein schönes Gefühl, etwas für meinen Menschen tun zu können. Ein schönes Gefühl, Zuneigung zu spüren und gebraucht zu werden.

Als wir in der Stadt angekommen sind, verschwindet der alte Mann in einem Haus. Da darf ich nicht mit hinein, soviel weiß ich, folglich warte ich brav davor.

41

Mit einer leeren Tasche und einem Lächeln in seinem Gesicht wandern wir weiter durch die Straßen, an den vielen fremden Menschen vorbei. Vorbei an den anderen Hunden, den Tauben, vorbei an so vielen faszinierenden Gerüchen.

Später werden wir Zeit zum spielen, schnüffeln und rennen haben, aber erst später.

An einer Ecke bleiben wir stehen. Der alte Mann zieht seine Jacke aus und breitet sie auf dem Boden aus. Als er sitzt, lege ich mich zu ihm. Jetzt ist Zeit für eine kurze Pause. Es fühlt sich einfach richtig an. Während er meinen Kopf sanft streichelt, spüre ich wie sein Herz langsamer, ruhiger und gleichmäßig schlägt. Das ist ebenso eine meiner Aufgaben. Das kann ich spüren und es macht mich zufrieden.

Viele fremde Menschen ziehen an uns vorbei. Manche werfen etwas in die kleine Schale vor uns. Aber die meisten beachten uns nicht. Ich kann fühlen, wie müde der alte Mann ist und lege meinen Kopf auf seinen Arm.

Unsere Blicke treffen sich, wir gehören zusammen, das ist das Einzige, was zählt. Es ist ein klein wenig wie unsere eigene Welt.

Nach einer Weile stehen wir dann wieder auf, ich schüttle mich kräftig und bin bereit. Meinen hoffnungsvollen Blick scheint der alte Mann goldrichtig interpretiert zu haben, denn es geht in einen kleinen Park. Dort kann ich mich ein Stück entfernen, behalte ihn dennoch immer im Blick, und erschnüffle, was es so Neues gibt.

Dabei kann ich die anderen Hunde beobachten, viele von denen haben keine Zeit für die neusten Nachrichten, werden weggezerrt an der Leine.

Ausgeglichen und zufrieden scheinen die wenigsten zu sein. Da habe ich schon wahrhaftig großes Glück! Während ich meine Runden drehe, sitzt der alte Mann entspannt auf einer Bank und schaut mir zu. Keine Hektik, keine Eile und einfach nur liebevolle Blicke, die mir folgen.

Später ziehen wir weiter, es geht zurück in Richtung unserer Brücke. Nebeneinander spazieren wir wieder am Ufer entlang. Sie Sonne lässt das Wasser so schön glitzern. Auch der alte Mann scheint das entdeckt zu haben. Er hält inne, krault mein Ohr und genießt mit mir zusammen diesen Augenblick. Mehr brauche ich in diesem Moment nicht und er offenkundig ebenfalls nicht. Stumm sind wir einer Meinung, es ist wunderschön, ein Wunder der Natur und wir dürfen dabei sein. Auch das ist ein beruhigendes und sehr schönes Gefühl.

Unterwegs hat der alte Mann etwas zu essen für sich und auch für mich besorgt. Im letzten Sonnenlicht genießen wir es gemeinsam und beobachten weiter zusammen den Sonnenuntergang. Als die Sonne schon nicht mehr zu sehen ist, zieht auch schon langsam die Dunkelheit auf. Während dann die Dämmerung weicht, fängt die Stadt zu leuchten an. In kurzen Abständen entsteht ein Meer aus Lichtern. Es ist zwar ein ganzes Stück entfernt, aber dennoch gut zu erkennen.

Ein wundervoller Tag liegt hinter uns.
Wundervoll, weil wir ihn gemeinsam erlebt haben. Wir haben eine Menge Zeit zusammen verbracht, waren uns so nahe und haben schöne Dinge gemeinsam erlebt und auch genossen.
Wenig später sind wir von der Dunkelheit umschlossen und die Stadtlichter in der Ferne werden von einem grandiosen Sternenhimmel buchstäblich in den Schatten gestellt.
Der alte Mann wird in solchen Momenten richtig emotional. Das kann ich ganz deutlich spüren. Es ist eine Mischung aus glücklich sein, gleichzeitig kann ich aber gleichermaßen seine Traurigkeit spüren.

Als er in den Schlafsack steigt, folge ich ihm und liege einen Augenblick später dicht neben ihm. Es dauert nicht lange und er atmet ganz ruhig, dann setzt sein leises schnarchen ein. Ein gute Gelegenheit mich anzuschließen, und so falle auch ich, kurze Zeit später, in einen tiefen Schlaf direkt unter dem Sternenhimmel.

Endstation

Wie die letzten Male ist es erneut ein anderer Ort, an dem ich erwache. Aber wieder ist es ein Zwinger, in dem ich mich selbst befinde, und vielen anderen Hunden neben und gegenüber mir, geht es genauso.

Hilferufe, Beschimpfungen und Gemurmel meiner Leidensgenossen schwirren durch die Luft. Es ist einfach nur laut, und ich habe Schwierigkeiten, mich zu konzentrieren und auch zu orientieren.
Es riecht wirklich nicht gut und ich müsste im Übrigen mal ganz dringend mein Geschäft verrichten. Aber niemand scheint für uns da zu sein. Dieses Gefühl der Einsamkeit ist das schlimmste von allem.
Ich blicke neugierig in alle Richtungen und erkenne so viele andere Hunde. Manche sind groß, andere klein, ich sehe Rassehunde, darunter aber auch Mischlinge. Ich entdecke obendrein kleine Welpen in einem der vorderen Zwinger.
Endlich erbarmt sich ein Mensch und führt uns nach und nach, manche sogar in kleinen Gruppen, in verschiedene Gehege. Dort können wir etwas laufen und wer Lust hat, auch unterhalten, wenn man es denn so nennen möchte.
Aber niemand scheint sich für den anderen zu interessieren. Bis auf einen großen, alten Pitbull Terrier. Er kommt auf mich zu „Na alles in Ordnung bei dir? Man gewöhnt sich irgendwann daran".
„Wie lange bist du denn schon hier" frage ich und bin über die Antwort erschüttert. „Viele Jahre sind es inzwischen. Die Menschen haben mich aufgegeben".

Er dreht sich um und schnüffelt schließlich etwas herum und legt sich dann in eine Ecke.

Mir sind schon die paar Minuten zu anstrengend, hier unter diesen Bedingungen, und er lebt hier schon Jahre? Dabei macht er doch einen ganz netten Eindruck.

Seine Zeichnung um das eine Auge macht ihn auf irgendeine Art faszinierend, und man muss ganz ehrlich sagen, einzigartig. Warum also gibt ihm keiner eine Chance?

Ich will ihn gern noch so viel fragen, aber unsere Zeit ist schon um.

Zurück im Zwinger finde ich dann in einer Ecke mein Futter. Leider ist zu wenig Wasser zum Runterspülen da. Es kann wirklich nur besser werden.

Ich suche mir einen halbwegs bequemen Platz und warte ab, was weiterhin alles passieren wird.

Irgendwann laufen, mit einem Mal, einige Menschen auf den Wegen und durch die Anlage, bleiben sogar manchmal an ein paar Zwingern stehen. In diesem Augenblick wird mir bewusst, ich bin in einem Tierheim! Jetzt spüre ich nur noch Angst. Angst hier nie wieder raus zu kommen. Angst, ebenfalls von den Menschen aufgegeben zu werden.

Ich versuche das Gefühl abzuschütteln, und schau mich etwas intensiver um.

Manchmal wird ein Hund mit herausgenommen, oft werden viele aber auch einfach nicht beachtet. Genauso der alte Pitbull, der verhältnismäßig weit hinten, in einem kleinen Zwinger liegt.

Ich kann es deutlich sehen.

Er ist kein Hund mehr, nur noch Traurigkeit,
Enttäuschung, Angst und innere Leere auf vier Pfoten.
Ich schreie all das aus mir heraus und so verschrecke ich all
die Menschen, die sich an meinen Zwinger verirrt haben.
Sie zucken zurück und gehen schnell weiter. Na das hat ja
mal prima funktioniert. Dabei wünsche ich mir doch nur
etwas Aufmerksamkeit und Zuneigung.
Meine ganze Hoffnung liegt auf dem Einschlafen und
Aufwachen in einem warmen Zuhause, mit netten
Menschen, Aufmerksamkeit und Liebe. Meine Angst,
hier nie wieder heraus zu kommen, ist enorm und bei der
Vorstellung, Jahre hier unter diesen Umständen verbringen
zu müssen, dreht sich alles um mich herum. Übelkeit
macht sich breit und ich muss den Wunsch zu schreien
unterdrücken. Am Ende verschrecke ich nur noch mehr
Menschen.

Ich konnte bisher nicht herausfinden, was für ein Hund
ich nun bin und einen Spiegel gibt es im Zwinger natürlich
auch nicht. Aber ein Blick auf meine Pfoten reicht mir aus.
Spontan würde ich mich als struppig bezeichnen, ein paar
kahle Stellen, dunkles Fell und der Rest von mir würde
sicher keinen Preis in einer Hundeshow gewinnen. Aber ist
das denn alles was zählt? Ist das Aussehen wichtiger als die
Persönlichkeit eines Hundes?
Ich frage mich, wie ich es nun anstellen kann die
Aufmerksamkeit eines netten Menschen unter diesen
Umständen zu bekommen. Ich frage mich, welche
Schicksale sich hinter all den Türen um mich herum
verbergen. Sicher auch genügend traurige Geschichten...

Die Sonne geht unter, auf der Anlage laufen jetzt keine Menschen mehr herum.

Beim Blick zu den anderen Zwingern bemerke ich, dass einige der Welpen nicht mehr da sind. Die scheinen Glück gehabt zu haben und wurden wohl ausgewählt und mitgenommen. Einerseits freut mich das, auf der anderen Seite macht es mich auch etwas traurig und nachdenklich. Denn ich bezweifle immer mehr, große Chancen auf ein neues Zuhause zu haben. Das ist ein wirklich ungutes Gefühl und mein Körper beginnt furchtbar an zu jucken. Während ich versuche, überall gleichzeitig zu kratzen, fällt mein Blick zum Pitbull. Ob er schon schläft kann ich nicht erkennen. Der größte Teil seines Zwingers liegt im Schatten. Einzig eine Pfote kann ich von hier aus gut sehen. Falls ich das Pech habe und morgen erneut hier in diesem Tierheim aufwache, will ich alles, wirklich alles von ihm wissen.

Dann bricht langsam die dunkle Nacht herein und ich schließe mit einer Mischung aus Angst und Hoffnung die Augen und schlafe dann auch irgendwann ein.

Mehr Elefant als Golden Retriever

Sonnenlicht fällt auf meine geschlossenen Augen und ich blinzle in den nächsten Tag.
Welch große Erleichterung – ich befinde mich tatsächlich in einer Wohnung. Liege bequem auf einem dicken Kuschelkissen, strecke meine Pfoten und merke, wie das beklemmende Gefühl von gestern verblasst. Da muss ich erstmal aufatmen.

Spontan würde ich sagen, neuer Tag, neues Glück. Und so ist es dann auch. Als ich jedoch aufstehen will, habe ich einige Schwierigkeiten. Endlich auf den Beinen bewege ich mich durch die offene Terrassentüre direkt in den Garten. Meine Runden bleiben jedoch kurz, die Kraft reicht nicht für eine lange Tour zum schnüffeln, das atmen fällt mir auch nicht so leicht.
Wieder zurück im Haus wartet schon eine riesige Schüssel voller Futter auf mich. Ja dann stärke ich mich doch gleich mal. Als ich mit der Zunge die letzte, wirklich allerletzte Spur von Futter vernichtet habe, spüre ich, wie mir das alles schwer im Magen liegt. Dennoch kann ich zu einem Snack, der mir von einem alten Mann als Nachtisch angeboten wird, nicht nein sagen.
Das leckere Schweineohr genieße ich in meinem Kuschelbett und wünsche mir kurz danach, die Wasserschüssel würde näher bei mir stehen.
Ich merke schon, aufstehen oder auch langes gehen und stehen allgemein, ist schwer für mich und gleichermaßen schmerzhaft.

Der alte Mann sitzt am Tisch und liest Zeitung. Ich würde jetzt gerne mit ihm etwas unternehmen. Als ich so vor ihm stehe und ihn mit meiner Schnauze am Knie berühre, lächelt er mich an. Seine Handbewegungen, oben am Tisch, kann ich leider nicht erkennen, aber Augenblicke später habe ich ein Stück Brot, dick bestrichen mit Leberwurst, vor meiner Nase. Das riecht vielleicht lecker!

Auch wenn mein Magen sich noch so voll anfühlt, das kann ich nun wirklich nicht ablehnen.

Als wir kurze Zeit später gemeinsam zu einem Spaziergang aufbrechen, fühle ich mich schon am Ende der Auffahrt müde und kaputt. Tapfer halte ich durch und wir erkunden ein paar Straßen, ich lese die neusten Nachrichten an den Hauswänden und habe Zeit, mich mit der Nachbarskatze auszutauschen. Auch sie bestätigt meine Ahnung, ich bin tatsächlich viel zu dick.

Mein Mensch setzt sich auf eine Bank, direkt am Weg, und das verschafft mir ebenfalls eine wichtige Pause. Als ich mich hinlege, kommen mir Zweifel, Zweifel es jemals wieder auf die Beine zu schaffen.

Nach dieser kurzen Pause gehen wir beide langsam wieder zurück. Im Haus werde ich von Halsband und Leine befreit und schleppe mich, mit letzter Kraft, auf mein Kissen und versuche wieder, zu Atem zu kommen.

Im Grunde sieht der Tagesablauf hier so aus, es geht immer um Futter und Leckereien.

An und für sich eine schöne Vorstellung und sicher um ein Vielfaches besser, als hungern zu müssen.

Aber als ich später mein Spiegelbild im Flur entdecke…

Mein erster Gedanke „ein Golden Retriever im Körper eines Elefanten".

Da wird mir auch klar, warum ich solche Schwierigkeiten habe, wenn ich aufstehen möchte.

Mein Mensch versteht nicht, dass ich Zeit mit ihm verbringen will, und zeigt mir seine Aufmerksamkeit mit füttern, füttern und dazwischen noch etwas füttern.

Aber wie soll ich ihm beibringen, dass ich mir eigentlich nur etwas gemeinsame Zeit wünsche? Jeder Blick, jede Mimik und jede meiner Bewegungen wird von ihm als „hungrig" interpretiert.

Dafür muss ich unbedingt eine Lösung finden, und das schon bald. So kann es auf keinen Fall weiter gehen.

Mit diesen Gedanken schleppe ich mich wieder zurück auf mein bequemes Kuschelkissen und schlafe ein.

Meine Aufgabe

Es ist noch dunkel, als ich aufwache. Zum Glück bin ich in keinem Zwinger. Das beruhigt mich für den Anfang. Ein Wecker klingelt und ich mache mich direkt auf die Suche nach meinem Menschen.
Im Flur treffen wir uns und ich kann es spüren, dieser Mensch ist anders.

Die Bewegungen des Mannes sind unaufgeregt und sicher. Auf irgendeine Art aber auch etwas mechanisch? Der Wassernapf wird aufgefüllt und steht bereit. In dieser Sekunde höre ich das vertraute Geräusch. Das Futter landet in dem anderen Napf und befindet sich Augenblicke später, direkt vor meiner Nase. Ich lasse es mir schmecken und bin gespannt, was dieser neue Tag so alles bereit hält. Lange muss ich dann nicht warten. Der Mann steht etwas später im Flur. Wie selbstverständlich folge ich ihm und er legt mir ganz behutsam ein Geschirr um. Jetzt habe ich einen Auftrag. Wir gehen nicht bloß spazieren.
Er greift zu seinem Stock, steckt die Schlüssel ein und wir verlassen beide das Haus. Sekunden später ist es klar, mit den ersten „Klack Klack Klack" Geräuschen des Stockes weiß ich, ich bin die Augen des Mannes.
Eine große Verantwortung, aber gleichermaßen ein so unwahrscheinlich gutes Gefühl, für diesen Menschen da sein zu dürfen.

Er packt den Stock ein, greift an das Geschirr und wir beginnen unseren Spaziergang.

Ich achte auf alle möglichen Hindernisse auf unserem Weg. Egal von welcher Seite sie auftauchen werden. Ich werde bereit sein und meinen Menschen vor jeglichem Schaden bewahren. So leite ich ihn den Weg entlang. Wir überqueren eine Straße und ein paar Schritte weiter setzt er sich auf eine Bank. Sofort setze ich mich daneben und bin weiterhin aufmerksam.

Als ein Bus vorfährt, erhebt er sich und wir steigen gemeinsam über zwei Stufen hinein. Dabei bleibe ich immer nah an seinem Körper und zeige ihm an, in welche Richtung es geht. Es sind an diesem Tag nicht sehr viele Menschen mit dem Bus unterwegs, somit ist es nicht so schwer für ihn, einen Sitzplatz zu finden. Vor seinen Füssen ist genügend Platz, so setze ich mich vor ihn. Selbstverständlich weiterhin so aufmerksam wie vorher. Sanft streichelt er meinen Kopf und ich kann seine Dankbarkeit spüren. Die Fahrt dauert nicht lange. Als wir ausgestiegen sind, kommt eine Frau mit einem Kind auf uns zu. Das kleine Mädchen streichelt mich und einerseits ist es ein schönes Gefühl, aber ich muss ja auch weiter aufpassen. Wir gehen daraufhin weiter und erreichen bald einen kleinen Park. Als uns ein junger Mann auf einem Skateboard entgegenkommt, stelle ich mir vor meinen Menschen und dränge ihn, zur Seite zu gehen. So stoßen wir nicht zusammen. Ich kann mich gut erinnern, all das habe ich einmal gelernt. Ich kann sogar Hindernisse erkennen, die nicht mich selbst behindern, aber für meinen Menschen ein Problem sind. Herabhängende Äste oder auch andere Dinge, die in seinen Laufweg ragen. Aber heute scheint es ein ruhiger Tag zu sein.

Wir treffen nach ein paar Minuten auf eine junge Frau. Sie hat gleich etliche Hunde dabei. Nachdem sie alle durch die Türe auf das große Freigelände gelassen hat, führt sie meinen Menschen zu einer Bank in der Nähe.

Er packt seinen Stock aus seiner Tasche, zieht mein Geschirr aus und setzt sich hin. Von der jungen Frau werde ich ebenfalls durch die Tür gelassen und weiß, ich habe jetzt eine kleine Auszeit.

Einige der Hunde hier kenne ich, andere sind neu oder nicht an mir interessiert. Mein erster kleiner Rundgang ist nah am Zaun. Hier gibt es am meisten zu lesen!

Dann schüttle ich mich kräftig und spurte los. So schnell wie der Wind überquere ich den Platz bis zum anderen Ende. Ein eleganter Haken und wieder zurück. Das Rennen entspannt mich und lässt die ganze Anspannung abfallen. In diesem Moment bin ich einfach nur ein Hund ohne Aufgabe, mit der Erlaubnis, einfach ausgedrückt, mal Blödsinn machen zu dürfen. Und darin bin ich wirklich gut!

Wenig später nehme ich ein bekanntes Pfeifen wahr und spurte zur Eingangstüre zurück. Die junge Frau führt mich wieder zurück zu meinem Menschen.

Als ich das Geschirr anhabe und der Stock in der Tasche verschwindet, bin ich wieder im Dienst.

Wir besuchen noch ein paar Geschäfte. Da duftet es einfach nur wunderbar. In einem Laden bekomme ich sogar ein Stück Wurst. Schlichtweg lecker!

Eine weitere Busfahrt folgt und wir steigen wieder in der Nähe von unserem Zuhause aus.

Inzwischen führe ich nicht nur meinen Menschen, sondern trage auch einige seiner Sachen, die wir in der Stadt besorgt haben. Alles sicher in kleinen Taschen, direkt am Geschirr verstaut. Auch das fühlt sich richtig toll an, weil es meine Aufgabe ist.

Zuhause angekommen nimmt er mir das Geschirr und die kleinen Taschen ab. Zeit zum Schütteln. Ich darf in den kleinen Garten. Dort drehe ich ein paar Runden und freue mich auf mein Futter. Denn jetzt ist Zeit dafür. Der Pfiff gilt mir und ich renne zurück ins Haus. Dort wartet auch schon frisches Wasser und das Futter.

Auf meinen Menschen kann ich mich eben verlassen.

Als es schon dunkel ist, drehen wir schließlich eine kleine Runde und ich kann mich erleichtern und ein bisschen „lesen". Wir begegnen kaum jemandem. Kurz vor unserem Zuhause warne ich meinen Menschen vor einem Ast, der hängt so tief in den Gehweg, da würde er sich sonst den Kopf stoßen. Aber das ist schon alles für diesen Tag. Ich bin froh, dass ich meine Aufgabe heute so gut gemeistert habe und ihm nichts passiert ist.

Dann warten zwei Belohnungen auf mich.

Zum einen ein kleiner Knabbersnack, den ich genussvoll, auf meinem Hundebett liegend, kaue. Zum anderen ruft er mich danach zu sich auf die Couch und wir liegen entspannt nebeneinander. Streicheleinheiten, die ich noch viel mehr als den Snack genieße. So schlafe ich dann irgendwann neben meinem Menschen ein.

Schmerz

Beim nächsten Erwachen liege ich in einem Flur. Eine dünne Decke schützt meinen Körper vor dem kalten Boden. Hinter der Türe höre ich Menschen und hoffe, dass sich bald jemand um mich kümmert.

Die Türe geht abrupt auf und mir wird ohne Worte ein Halsband umgelegt. Es tut weh. Wir gehen los, die Straße entlang.
Der ganze Spaziergang ist furchtbar. Mir bleibt keine Zeit zum Schnüffeln. Mein Mensch hält mich an der kurzen Leine neben ihm, und jeder Schritt von mir zu weit nach vorn, wird mit einem Ruck an der Leine beantwortet.
Es fühlt sich an, wie viele Nadeln, die in meinen Hals und Nacken stechen. Deshalb konzentriere ich mich auf die Schritte meines Menschen und hoffe auf keinen weiteren Ruck an der Leine.
So entgehen mir aber verständlicherweise alle Gerüche, all die wichtigen Nachrichten und ich selbst komme ebenfalls nur äußerst kurz zum Pinkeln.
Zurück am Haus werde ich an einer langen Kette festgemacht und sitze dann ganz alleine im Garten. Ich fühle mich unwohl und vor allem sehr einsam. Auch wenn ich nicht direkt in einem Zwinger sitze, so fühlt es sich dennoch schrecklich an.

Bis ich meine Gedanken sortiert habe, werde ich von der Kette abgehängt und zu einem kleinen Anhänger gebracht. Da soll ich jetzt rein.

Mir ist nicht ganz wohl dabei, aber eine Wahl habe ich dann keine. Die Fahrt dauert zum Glück nicht besonders lange und auf der Heckscheibe des Wagens erkenne ich einen Aufkleber mit einem Schäferhund.

Etwas später stehe ich mit meinem Menschen auf einem eingezäunten Grundstück. Da sind noch viele andere Schäferhunde mit ihren Menschen, alle sitzen sie brav daneben. So mache ich es deshalb ebenso.

Dann bekomme ich ein anderes Halsband und bin gespannt, was wir jetzt machen werden.

Endlich unternehmen wir etwas gemeinsam, ich freue mich schon!

Da erkenne ich ziemlich weit hinten einen der Schäferhunde und möchte mal kurz hin und mich vorstellen. Noch in den ersten Schritten spüre ich ein Stechen wie niemals zuvor. Mein Hals brennt. Ich muss blinzeln, es wird so hell um mich herum.

Logischerweise bleibe ich umgehend stehen und fühle leichte Übelkeit aufkommen.

Da wähle ich dann doch lieber das olle Halsband von heute morgen! Schnell bin ich wieder zurück an dem Platz, an dem ich und mein Mensch gestanden haben.

Ab jetzt keine eigenen Ideen mehr! Zu viele Schmerzen...

Meine volle Konzentration liegt mittlerweile auf meinem Menschen und ich hoffe ich verstehe schnell, was er von mir verlangt.

Zeit für Gespräche untereinander bleibt hier auch nicht und so bin ich froh, irgendwann wieder in diesem kleinen Anhänger zu sitzen, und nach einer kurzen Fahrt wieder in dem kalten Flur zu liegen.

Gerne verzichte ich, in diesem Fall, auf etwas zu essen. „Bitte lass mich schnell einschlafen und an einem Ort aufwachen ohne Schmerzen und solche komischen Halsbänder!"

Liebe

Die Sonne geht auf, das Licht auf meinen Lidern weckt mich langsam und sacht auf. Alles um mich herum ist still und friedlich. Es ist ein dickes Hundekissen, auf dem ich langsam wach werde.

Eine junge Frau kommt auf mich zu, streichelt leicht meinen Kopf und ich höre „Na ausgeschlafen? Los auf geht's in den Garten".
Moment mal, ihr Mund hat sich nicht bewegt, aber ich konnte genau hören was sie wollte! Das ist ja klasse!!!!
Ich folge ihr in den Garten und schnuppere gemütlich eine Runde, erledige ganz in Ruhe mein Geschäft und beobachte die junge Frau. Sie läuft barfuß über den Rasen und beobachtet mich.
„Lust zu spielen?"
Ja was für eine Frage! Sie wirft ein buntes Spielzeug und ich renne sofort los, um es ihr gleich wieder zu bringen.
Das macht wirklich großen Spaß.
Manchmal renne ich vor dem Wurf, dann merke ich, sie hat das Spielzeug noch in der Hand. Ich spüre Liebe und Wärme.
Eine tolle Energie umgibt sie und ich fühle mich so unendlich wohl bei ihr. Wenn ich denn einen Wunsch frei hätte, dann für den Rest meines Lebens hier bleiben zu dürfen! Auch wenn ich erst ein paar Augenblicke bei ihr bin, ich spüre es genau, hier gehöre ich hin, für diesen Menschen möchte ich da sein, alles geben, meine ganze Liebe.

Wir gehen wieder zusammen zurück ins Haus und ich bekomme eine leckere Kaustange, mache es mir auf meinem Kuschelkissen bequem und genieße meinen Snack.
Die junge Frau habe ich im Blick und bin gespannt, was wir heute noch alles erleben werden.
Etwas später sehe ich sie in der Küche etwas in Schalen verpacken. Es duftet sehr gut und mir läuft ein wenig das Wasser im Maul zusammen. Das muss ich mir mal genauer anschauen.
Dicht an ihren Füssen spüre ich wieder ihre Hand leicht über meinen Kopf streichen und bin entspannt.

Dann geht's auch schon ins Auto. Diesmal habe ich jedoch mehr Platz und kann es mir während der Fahrt bequem machen. Sogar Wasser habe ich in meiner Box. Mal sehen wo es hingeht.
Der Motor stoppt und die junge Frau steigt aus dem Auto. Ich werde geduldig warten, denn ich weiß genau, sie wird mich nicht allein lassen. Also habe ich keine Angst und warte entspannt ab.

Die Tür geht auf und sie öffnet meine Box. Küsst meine Schnauze und legt mir ein Geschirr um.
Dabei sind wir uns ganz nah und es ist ein wunderbares Gefühl. Es fühlt sich sicher, warm, richtig und toll an!
Ich darf nun aussteigen und wir laufen gemeinsam zu einer anderen Frau, die schon auf uns beide wartet. Dennoch habe ich Zeit zu schnüffeln und auch Zeit meine eigenen kleinen Nachrichten zu hinterlassen und mich auch ganz kurz über das Neueste an diesem Ort zu informieren.

Kein Ruck an der Leine, kein schnelles laufen, keine Spur von Hektik oder Aufregung.

Die andere Frau freut sich auch uns zu sehen, das kann ich spüren! Auch sie umfasst liebevoll meinen Kopf und ich fühle mich wohl.

Meine Leine spüre ich nun nicht mehr am Halsband, sondern am Geschirr, ich werde zu einem Stück Holz geführt und habe plötzlich so einen Geruch in der Nase...

...das interessiert mich! Ich kann spüren, dass mein Mensch auch diesem Geruch folgen will, dann gehe ich einfach mal voran. Mit meiner Nase kommen wir besser zum Ziel. Ich kann sie hinten am anderen Ende der Leine spüren und weiß, wir schaffen es gemeinsam.

Viele interessante Gerüche schwirren um meine Nase, aber dieser eine Geruch ist unsere Mission.

Mal wird die Spur deutlicher und mal scheint sie zu verblassen, aber ich verliere sie nie.

Genau wie unsere Verbindung nie endet. Ich spüre die Freiheit die sie mir gibt, um der Spur zu folgen, spüre das Vertrauen in mich. Egal wie sich die Geschwindigkeit unserer Schritte auch ändert, sie bleiben im Einklang und haben die gleiche Richtung.

Die Spur führt uns über eine Wiese und durch den Wald. Ich spüre die unterschiedlichen Untergründe an meinen Pfoten. Ein tolles Gefühl von Leichtigkeit und Verbundenheit zur Natur. Wir fliegen förmlich durch einen Strudel von unsagbar aufregenden Gerüchen.

Gemeinsam mitten durch und plötzlich sind wir nur noch wenige Schritte von diesem einen Geruch entfernt.

Meine Nase ist tief, ich will ganz sicher sein und da ist es plötzlich ganz klar. Der Geruch kommt von dem Menschen direkt neben dem großen Baum.

Brav setze ich mich vor ihn hin und als Belohnung gibt es etwas aus der Dose, die ich bereits heute Morgen in unserer Küche entdeckt habe.

Dieser Duft, hmm es schmeckt so lecker und mein Mensch ist auch glücklich und zufrieden.

Alle freuen sich über unseren Erfolg und ich bin einfach nur glücklich über und mit meinem Menschen!

Wir laufen alle gemeinsam zurück und nun habe ich etwas Zeit für die ganzen spannenden Gerüche von vorhin.

Ich darf in Ruhe schnüffeln und entspanne mich immer mehr. Denn tief im Inneren weiß ich, meine Bestimmung ist es, den einen, meinen Menschen glücklich zu machen und vor Schaden zu bewahren. Und was ich auf dem Rückweg spüre, ist pures Glück.

Zurück im Auto genieße ich mein Wasser und ruhe mich etwas aus. Ich schlummere ein und laufe den Weg erneut in Gedanken und genieße es ein weiteres Mal.

Beim zweiten Öffnen der Türe freue ich mich schon auf unsere nächste Mission.

Wir laufen ein Stück los, irgendetwas ist jedoch anders. Die Leine hängt am Geschirr, wir gehen gemeinsam zu einem Taschentuch und ich erkenne den Geruch sofort. Diese nette Frau von vorhin! Sie werden wir nun suchen und auch finden.

Ich bin so aufgeregt und kann es kaum erwarten. Es ist etwas kniffliger als beim ersten Mal.

Hier gibt es sehr viele Spuren von der Frau und ich gebe mir Mühe den richtigen Weg zu finden.

Mein Mensch wie zuvor, direkt mit mir verbunden. Gemeinsam werden wir auch diese Aufgabe lösen.

Dank meiner guten Nase, kann ich sehr gut unterscheiden wie alt die ganzen Spuren sind, und welcher wir nun folgen sollen.

Und dann kann es nicht schnell genug gehen. Ich bin sicher, gleich sind wir da. Und ich behalte recht.

Wir haben sie gefunden. Ich spüre riesige Freude bei den beiden und es gibt eine weitere, leckere Belohnung für mich.

Zuhause darf ich erneut in den Garten. Auch hier bin ich nicht alleine. Die junge Frau ist immer in meiner Nähe und passt auf mich auf.

Wir werden nicht spielen, aber ich lege mich zu ihr ins Gras und genieße eine Massage von ihr. Genieße diese Nähe, spüre ihre Dankbarkeit und ihre Liebe.

Genau das verbindet uns. Unser Herzschlag wird ein einziger Schlag und dieser Moment ist einzig allein unser Moment! Das kann uns niemand nehmen.

Der leichte Wind trägt den Duft von Blumen in unsere Nasen. Ich kann spüren, sie kann es auch riechen.

Die Sonnenstrahlen wärmen uns, ich kann spüren, sie genießt es genau so sehr wie ich.

Ein Schmetterling gesellt sich zu uns. Ein Symbol für die Seele. Alles in der Natur hat eine Bedeutung und Aufgabe. Mit dem Flügelschlag des Schmetterlings wird unsere Verbindung besiegelt.

Wir steigen gemeinsam langsam aus dieser tiefen
Entspannung auf und während ich noch etwas im Garten
umherlaufe, zieht sich mein Mensch ins Haus zurück.
Kurze Zeit später befinde ich mich wieder auf meinem
Kuschelkissen und liege einfach nur da und beobachte die
junge Frau. Das ist gerade alles, was für mich wichtig ist.
Als ich etwas Verspannung an ihr spüre, stehe ich auf und
stupse sie an. Wir sollten etwas an die frische Luft und
genau das machen wir dann auch.

So spazieren wir gemeinsam eine Runde durch die
Straßen. Aber auch hier bekomme ich immer genügend
Zeit, um die neusten Nachrichten an den Hecken, den
Hauswänden und Laternen abzuchecken. Keine Spur von
Stress. Kein plötzlicher Ruck an der Leine. Auch hier
bewegen wir uns im Einklang und sie schenkt mir ihre volle
Aufmerksamkeit.
So lösen sich auch schnell ihre Verspannungen und wir
kehren beide zufrieden in unser Zuhause zurück.
Es wird langsam dunkel und ich habe große Angst morgen
nicht mehr hier, bei diesem wunderbaren Menschen sein zu
dürfen!
Aber genauso groß ist auch die Dankbarkeit, all das erlebt
haben zu dürfen.
Ich weiß, egal wo ich landen werde, egal an welchem Ort,
egal bei welchem Menschen, ich trage diese Liebe und
Dankbarkeit für immer in mir.

Später am Abend schlafe ich, ganz nah an den Füßen der
jungen Frau, ein.

Das Ende

Beim Aufwachen spüre ich sofort, es stimmt etwas nicht.
Mir ist übel und ich habe kaum Kraft alleine aufzustehen.
Dabei bemerke ich die erneut fremde Umgebung. Neue
Menschen um mich herum.
Ein Mann und eine Frau knien neben meinem Hundebett.
Tränen fließen und in dieser Sekunde bin ich mir sicher, es
ist wahrhaftig etwas nicht in Ordnung!
Der Mann hilft mir hoch und trägt mich vorsichtig ins
Auto. Ich liege auf dem Rücksitz und mein Kopf liegt auf
dem Schoß der Frau. Sie weint still und streichelt mich
ganz sanft. Der Mann fährt los.
Auf keinen Fall möchte ich, dass diese Menschen wegen
mir weinen. Ich schlecke leicht über ihre Hand und unsere
Blicke treffen sich. Mittlerweile weiß ich, ich bin der Grund
der Tränen, aber nicht, weil ich etwas angestellt habe.
Das Auto hält kurze Zeit später an, der Mann trägt mich,
wieder besonders vorsichtig, in ein Haus. Erneut diese
Gerüche von Angst und Schmerz. Es ist der Tierarzt. Jetzt
bin ich beruhigt. Es wird ein Pieks werden, danach eine
kleine Belohnung und dann schnell ab nach Hause.
Ich hatte ja jetzt schon etwas Angst!
Sofort lande ich auf dem mir bekannten, kühlen Tisch und
der Tierarzt untersucht mich besonders gründlich. Sein
Leckerchen lehne ich dann trotz alledem ab. Seltsam, aber
danach ist mir nun wirklich nicht. Zu der Übelkeit und den
dumpfen Schmerzen spüre ich zusätzlich Traurigkeit.
Meine Menschen sind voller Traurigkeit und die Tränen
fließen ohne Pause.

Plötzlich wird mir klar, hier endet diese Reise. Das wird mein letztes Einschlafen und es gibt kein neues Erwachen mehr.

Meine Zunge sucht die Hände meiner Menschen. Ich will sagen, alles ist gut. Möchte die beiden beruhigen und ihnen diese Traurigkeit nehmen. Aber ich weiß nicht wie.

Die Frau bleibt dicht an meiner Seite und streichelt nach wie vor meinen Kopf, meine Pfoten und einfach alles an mir. So fühlt sich also Abschied an. Aber ich fühle keine Angst und auch selbst keine Spur von Traurigkeit.

Meine Gedanken kreisen um die eine, meine junge Frau, unsere Liebe, unsere Verbindung. Ich spüre den Waldboden an den Pfoten, spüre den Wind um die Nase. Es fühlt sich so wunderbar echt an. Als ob ich erneut das alles mit ihr erlebe. Ich kann diese Freiheit und dieses große Glück fühlen. Dieses große Glück umfasst mich komplett und schenkt mir eine innere Ruhe. Es gibt keine Angst. Nur diese Wärme. Die Erinnerungen an unseren gemeinsamen Tag, mit all den wunderbaren Erlebnissen, Düften und dieser innigen Zweisamkeit. Ich fühle mich einfach frei. Voller Dankbarkeit. Welches große Glück, ich durfte diesen Menschen glücklich machen.

Als ich dann den Pieks spüre, nehme ich die beiden Menschen wieder ganz nah bei mir wahr. Es ist still um uns herum, die Tränen fließen weiter und sie halten mich fest. Ich wünschte, sie könnten fühlen, was ich jetzt fühle.

Mein Wunsch, sie zu trösten vermischt sich langsam mit meiner Freude. Es wird dunkel und ich bin bereit für diese letzte Reise…

Zeit für Veränderungen

Als ich wieder wach werde, brummt mir der Schädel. Der erste Gedanke folgt schnell: „Ich bin ja doch nicht tot!" Meine Augen suchen den Raum ab. Wo ich dieses Mal bin, kann ich nicht direkt erkennen.
Welch große Überraschung. Es ist zwar eine neue Umgebung, aber kein Hundekissen, kein Zwinger. Es ist ein Bett, auf dem ich liege. In einem Zimmer im Krankenhaus. Erleichterung macht sich breit.
Mein Kopf ist bandagiert und das erklärt den Brummschädel. Meine beiden Freunde sitzen am Bett und stehen auf, als sie sehen, dass ich wach werde.
Wie ich mich fühle, ob ich Schmerzen habe, was ich für Sachen mache. Ein einziger Gedanke überdeckt alles, er gilt Sammy.
„Wo ist Sammy?" Mein trockener Mund formt diesen Satz. „Er ist Zuhause und es geht im gut. Auch wenn er die letzten Tage kaum fressen wollte!" Die beiden schauen mich mit einem Lächeln an. Für den Anfang bin ich beruhigt.

Ich bin erleichtert und langsam kommen die Erinnerungen zurück. War das ein Traum oder was ist passiert mit mir? Wenn ich das jemandem erzähle, ich werde möglicherweise für verrückt erklärt. Aber es hat sich alles so echt angefühlt. Zudem kann ich mich noch an alles erinnern. Nichts ist verblasst, so wie sonst, direkt nach dem aufwachen. Also wenn man geträumt hat, mein ich.
Ich schließe meine Augen und mir wird klar, diese Reise ist ein großartiges Geschenk.

Bei all den unterschiedlichen Umgebungen und all den vielen verschiedenen Hunden und deren Geschichten, ist mir eines bewusst geworden! Es gibt eine Sache, die sie alle verbunden hat. Der Wunsch nach Aufmerksamkeit! Direkt gefolgt von der Bemühung den Menschen zu gefallen und sie obendrein zu schützen.
Als ich weiterhin so, mit geschlossenen Augen, in meinem Bett im Krankenhaus liege, verspreche ich eins: „Es ist Zeit für Veränderungen!"

Am kommenden Tag darf ich schon wieder nach Hause. Mein Kopf schmerzt noch leicht, aber das wird sich legen. Inzwischen habe ich erfahren, was mir passiert ist. Auf dem Weg nach Hause bin ich vor ein paar Tagen mit dem Fahrrad gestürzt und habe mich dabei am Kopf verletzt. Ganze drei Tage war ich im Krankenhaus und war dabei überwiegend ohne Bewusstsein. Zum Glück ist es aber keine allzu schwere Verletzung, deshalb bin ich heute schon wieder Zuhause.
Zwar mit einem leichten Druck im Kopf, aber sicher nicht nur von dem Sturz. Meine Gedanken kreisen um meine Reise und den ganzen Erinnerungen, aber gleichzeitig bin ich voller Energie und Vorfreude.

Sammy, mein geliebter Sammy!

Ich öffne die Türe und da läuft Sammy auch schon direkt auf mich zu, sein Schwanz wedelt und dann gleichermaßen der ganze restliche Körper. Er sieht aus, als ob er lächelt. Ich will ihn nur noch umarmen und nie, niemals wieder loslassen.

„Ich bin zurück und werde für dich da sein. So da sein, wie du es verdienst. All meine Liebe werde ich Dir schenken." Unsere Blicke treffen sich und ich bin mir sicher, er hat mich genau verstanden.

Wir setzen uns gemeinsam in Bewegung, Richtung Garten und ich beobachte ihn nun höchst intensiv. Dabei sehe ich zum ersten Mal bewusst, er dreht seine Runden auf dem Rasen, schnüffelt einmal hier und mal da, hat mich jedoch ebenfalls immer im Blick. Ich bin auf dem richtigen Weg! So vieles möchte ich ändern, so vieles besser machen. Wahrscheinlich wird es nicht auf Anhieb klappen, aber das wird meine Aufgabe werden.

Der Blick auf die Welt aus der Sicht eines Hundes ist so ein kostbares Geschenk. Falsche Vorstellungen, die ich sehr gen korrigieren möchte.

Rückblickend ist es für mich nicht mehr wichtig, was da genau mit mir passiert ist. Das Einzige, was zählt, ist die Erkenntnis. Als ich dann am Abend wieder in meinem eigenen Bett liege, Sammy wohlbehalten, ganz nah bei mir, spüre ich seinen Herzschlag. Da schließe ich die Augen und erinnere mich erneut an meine Reise.

Ich erkenne in dieser Sekunde, ein Hund ist so vieles mehr als nur ein Haustier, und mehr als nur ein Wachhund.

Die Seele (m)eines Hundes ist empfindsamer, als ich es je beschreiben kann.

Ein Hund fühlt genauso oder sogar mehr, die Einsamkeit und Angst. Die Liebe und Dankbarkeit eines Hundes hingegen ist weitaus stärker als die jedes Menschen.

Für den Hund jedoch ist die Aufmerksamkeit und Liebe (s) eines Menschen das Einzige, was zählt.

Und in dem Augenblick meines Abschiedes war ich einzig und allein von dieser Liebe und Freude erfüllt.

Meine Gedanken waren bei der jungen Frau, die für mich da war, mich geliebt hat, für mich gesorgt hat und für die ich da sein durfte.

Ich habe vor, meinem Hund mehr Aufmerksamkeit und Liebe zu schenken. Und das jeden einzelnen Tag.

Es sind die treusten Seelen, die hier auf Erden wandeln und jeder Mensch darf sich glücklich schätzen, so einen Wegbegleiter an seiner Seite zu haben.

Ich werde an dieser Verbindung arbeiten, Sammy mein volles Vertrauen schenken und versuchen seines zu gewinnen.

Jeder neue Tag wird ein besonderer Tag sein, denn eins weiß ich jetzt mit Sicherheit:

„Jeder Tag zählt!"

Nachwort

Es sind viele Tränen geflossen, während ich an diesem Buch gearbeitet habe. Aber ich habe gleichzeitig große Freude verspürt. Als Hundefotografin, und ebenso beim Trailen, treffe ich sehr viele Hunde und ihre Menschen. Für mich ein gewaltiger Luxus, denn all diese Hundepersönlichkeiten haben mein Leben bereichert und manchmal darüber hinaus verändert.

Mit diesem Buch möchte ich, den einen oder anderen Menschen, zum nachdenken anregen. Ich selber arbeite täglich daran, aufmerksamer zu werden. Meinen Hunden besser zuzuhören und mehr Zeit mit den beiden zu verbringen.
Seit ich mit Sammy das Trailen angefangen habe, hat sich eine Menge zum Positiven verändert. Unsere Verbindung, unser täglicher Umgang miteinander. Es ist so entspannt. Ich nehme ihn als meinen Wegbegleiter war, dem ich so unendlich viel verdanke. Erlebe voller Respekt und Bewunderung, was er in den letzten Monaten alles ge- und erlernt hat und gleichzeitig mir so Vieles beigebracht hat.

Es gibt kaum Momente in denen ich nervös werde, weil er nicht das tut, was ich in diesem Augenblick von ihm verlange. Der Fehler liegt nämlich nicht bei ihm. An meiner eigenen Unzufriedenheit bin ich nur alleine schuld. Und in dem Moment dieser Erkenntnis ist schon alles wieder in Ordnung. Ich sehe in seine Augen und bin einfach nur dankbar!

Und dann kam noch dieser Sonnenschein in unser Leben! Daily hat wirklich alles verändert und erinnert mich täglich an das, was tatsächlich wichtig ist. Zeit füreinander, Aufmerksamkeit und Liebe. An manchen Tagen ist es so überwältigend, dass es fast schon schmerzt. Das alles hört sich sicher seltsam für den einen oder anderen an, aber das ist nun mal meine Realität.

Und diese Liebe der beiden ist ein so wertvolles Geschenk, für mich ist es wahrer Reichtum.

Heute denke ich zum Beispiel nicht mehr über Orte nach, an die ich nicht reisen kann ohne meine Hunde. Inzwischen möchte ich nicht mehr von den beiden getrennt sein.

Es macht mich glücklich Zeit mit ihnen verbringen zu können, genauso unglücklich werde ich, wenn wir dann doch nicht zusammen sind.

Viele Dinge sehe ich heute mit anderen Augen. Wenn Sammy oder Daily etwas anstellen, versuche ich es gleich aus der Sicht der Hunde zu sehen. Denn eins weiß ich mit großer Sicherheit: Kein Hund auf dieser weiten Welt verhält sich mit Vorsatz schlecht bzw. plant seinem Menschen etwas Schlechtes anzutun. **Hunde sind nämlich nicht so berechnend wie wir Menschen.**

Rufe ich einen meiner Hunde und nur einer von beiden, oder gar keiner, kommt auf mein Zeichen zurück zu mir, dann liegt es in erster Linie an mir.

In diesem Moment sicher an meiner Haltung, meiner Energie und im Übrigen an meiner inkonsequenten Erziehung. Der Mensch, und da nehme ich mich nicht aus, ist von

Haus aus bequem. Was nicht sofort funktioniert, nervt. Dafür kann ich aber nicht dem Hund die Schuld geben. Verrichtet mein Hund sein Geschäft in der Wohnung ist das zwar ärgerlich, aber auch hier ist das kein Vorsatz! Entweder der Hund hat es nie anders gelernt oder es handelt sich um einen Welpen. In beiden Fällen sind wir als Halter verantwortlich. Da unsere Hunde, wie auch wir Menschen, die unterschiedlichsten Charaktere haben, sind wir gefordert die richtigen Trainingsansätze und Anreize zu finden. Zu meiner Schande muss ich gestehen, ich habe früher schnell geschimpft und meinem Hund richtig lange Vorträge gehalten. Im Rückblick erkenne ich, es war in dem Moment einfach nur ein Ventil, um mein eigenes Versagen zu kompensieren.

Denn heute, nachdem Daily unser neues Familienmitglied wurde, wird nicht mehr geschimpft.

Die persönliche Zauberformel ist die positive Bestätigung. Und es klappt hervorragend. Selbstverständlich gibt es nach wie vor Momente, in denen es vorbildlicher laufen könnte, aber mein Wunsch war es nie, einen perfekt funktionierenden Hund zu haben. Meine beiden Wegbegleiter dürfen einfach nur Hunde sein.

Mir reicht der Grundgehorsam, letztendlich bin ich auch verantwortlich für deren Sicherheit.

Ich bin unendlich dankbar für zwei so wundervolle Hunde. Beide so unterschiedlich und doch im Grundsatz genau gleich. Denn alle beide suchen die Zuneigung, verlangen nach Liebe und wünschen sich einfach nur unsere volle Aufmerksamkeit.

**Und diesen Wunsch, mag ich beiden
von Herzen gern erfüllen.**

Es sind viele Kleinigkeiten, die ich im Umgang mit Sammy und Daily geändert habe. Aufkommenden Ärger schiebe ich sofort weg. Mich zu wundern ist erlaubt und meist ist es, am Ende, dann doch zum Lachen.
Egal wie es ist, die Zeit, die uns mit den eigenen Hunden geschenkt wird ist kurz, viel zu kurz.

Wenn ich lange am Computer sitze und konzentriert arbeiten sollte und Daily dann plötzlich meine volle Aufmerksamkeit fordert - genau dann versuche ich sie zu verstehen. Meist hat sie das Geschick, mich im richtigen Moment aus einer tiefen Gedankenspirale heraus zu holen, und nach einer kleine Pause, sieht die Welt schon wieder völlig anders aus.

Daily hat mir bewusst gezeigt, wie schön es sein kann, den Moment zu (er)leben. Sie intensiv im Garten zu beobachten oder beim Spaziergang.
Sobald sie etwas entdeckt, wie zum Beispiel ein Blatt im Wind oder auch nasses Gras. Wie solche Funde die ganze Aufmerksamkeit von ihr abverlangen.

So wie sie als Welpe die Welt neu entdeckt hat, so hat sie auch mir einen völlig anderen Blick auf das Leben ermöglicht.

Allein das ist schon unbezahlbar!

Meine Hunde haben das Recht, die Scheiben an der Terrassentür, mit „Pfoten Kunst" zu verzieren. Für mich ist es kein Weltuntergang, wenn man ihren Spuren bis zur Küche folgen kann. Weil die Suche nach Futter in der Küche scheinbar wichtiger war, als das lästige still sitzen, um die Pfoten sauber gemacht zu bekommen.
Fenster vermag man zu putzen, den Boden ist man im Stande zu wischen und für die Kleider gibt es die Waschmaschine.
Aber irgendwann einmal kommt der Zeitpunkt, an dem man vergebens an der Terrassentür wartet, sich selbst in einer spiegelnden Fensterscheibe erkennt und kein einziges Hundehaar auf dem Pullover oder der Hose findet. In diesem Moment bleibt dann nur die Erinnerung und die Erkenntnis, dass man die Zeit nicht zurückdrehen kann.

Lieber sammle ich so viele schöne und auch gern kuriose Erinnerungen wie möglich, als mir später Vorwürfe zu machen, weil vielleicht die Arbeit wichtiger war, oder ein Urlaub oder oder oder.
Denn eins ist sicher, jeder Hund hat (s)eine Bestimmung und bringt Freude, Ruhe, Kraft und Liebe in das Leben der Menschen. Einige sind sich dieses Geschenks bewusst, andere werden es hoffentlich noch erkennen.

Ein glücklicher Mensch ist, wer so eine Verbindung aufbauen darf und der eigene Herzschlag eins wird mit dem seines Hundes.
Ein glücklicher Mensch ist, der erkennt, dass die Augen seines Hundes tief in die eigene Seele blicken.

Es liegt mir am Herzen, Euch im Anhang, einige dieser tollen Hundepersönlichkeiten vorzustellen. Selbstverständlich kann ich hier nicht alle Hunde vorstellen, die ich kennenlernen durfte.

Die Auswahl ist mir keinesfalls leicht gefallen und während dieses ganzen Projekts, habe ich diese Idee schon das eine oder andere Mal verworfen.

Aber am Ende hat mein Bauchgefühl gesiegt.

„Ben"
Er hat einen speziellen Platz
in meinem Herzen

„Charly"
Mein größtes Geschenk
sein Vertrauen

„Easy"
Ein wahrer Engel auf vier Pfoten

„Agi"
Mama von den zwei Wundern
Djuna und Daily

„Nala und Maisie"
Weil sie ihren Mensch glücklich machen

„Kessy"
Eine kleine Prinzessin

„Bara"
Sie liebt das Leben

„Merlin"
Weil er seinem Menschen alles bedeutet

„Fules"
Kämpfer mit Herz

„Paula"
Eine echte Seelenhündin

„Momo"
Eine ganz besondere Erinnerung

„Daily"
Unser Sonnenschein

„Sammy"
Weil seine Liebe tiefer geht
als alles jemals zuvor